Weißt du eigentlich,
wie lieb ich dich hab?

Weitere Informationen zum Kinder- und
Jugendbuchprogramm der S. Fischer Verlage
finden sich auf www.blubberfisch.de und
www.fischerverlage.de

6. Auflage 2017
Erschienen bei FISCHER Sauerländer

Für die deutschsprachige Ausgabe:
© 2013 S. Fischer Verlag GmbH, Hedderichstr. 114, D-60596 Frankfurt am Main
Erstmals erschienen 1994 bei Sauerländer
Umschlagillustration: Anita Jeram
Printed in China
ISBN 978-3-7373-6000-5

Sam McBratney · Anita Jeram

Weißt du eigentlich, wie lieb ich dich hab?

Aus dem Englischen von Rolf Inhauser

❊ | SAUERLÄNDER

Der kleine Hase
sollte ins Bett gehen,
aber er hielt sich noch ganz
fest an den langen Ohren
des großen Hasen.

Der kleine Hase wollte nämlich
        ganz sicher sein, dass der große Hase
            ihm auch gut zuhörte.
                »Rate mal, wie lieb ich dich hab«,
                    sagte er.

»Oh«, sagte der große Hase,
»ich glaub nicht, dass ich das raten kann.«

»So sehr«, sagte der kleine Hase
und breitete seine Ärmchen aus,
so weit er konnte.

Der große Hase hatte viel längere Arme.
»Aber ich hab dich sooo sehr lieb«,
sagte er.

Hm, das ist viel,
dachte der kleine Hase.

»Ich hab
dich lieb,
so hoch
ich reichen
kann«,
sagte der
kleine Hase.

»Ich hab
dich lieb,
so hoch
ich reichen
kann«,
sagte der
große Hase.

Das ist
ziemlich hoch,
dachte der
kleine Hase.
Wenn ich nur
auch so lange
Arme hätte.

Dann hatte
der kleine Hase
eine gute Idee.
Er machte
einen Handstand
und streckte
die Füße
am Baum
hoch.

»Bis zu meinen
Zehen hoch
hab ich
dich lieb«,
sagte er.

»Und ich hab dich
bis zu deinen Zehen
hoch lieb«, sagte der
große Hase und
schwang den
kleinen Hasen
in die Luft.

»Ich hab dich
so hoch wie ich
hüpfen kann lieb!«,
sagte der kleine Hase lachend …

… und hüpfte
auf und ab.

»Aber ich hab dich lieb,
so hoch wie ich hüpfen kann«,
sagte der große Hase lächelnd
und hüpfte so hoch, dass seine
Ohren die Zweige berührten.

Tolle
Hüpferung,
dachte der
kleine Hase.
Wenn ich
nur auch so
hüpfen
könnte.

»Ich hab dich den ganzen Weg
bis zum Fluss runter lieb«,
sagte der kleine Hase.

»Ich hab dich bis zum Fluss
und über die Berge lieb«,
sagte der große Hase.

Oh, das ist sehr weit, dachte der
kleine Hase. Er war schon so müde,
dass er sich gar nichts mehr
ausdenken konnte.

Dann schaute er über die Büsche und Bäume
hinaus in die große, dunkle Nacht.
Es konnte ja wohl nichts weiter
weg geben als den Himmel.

»Ich hab dich lieb
bis zum Mond«,
sagte der kleine Hase
und machte die Augen zu.

»Oh, das ist weit«,
sagte der große Hase.
»Das ist sehr,
sehr weit.«

Der große Hase legte
den kleinen Hasen
in sein Blätterbett,

beugte sich über ihn
und gab ihm
einen Gutenachtkuss.

Dann kuschelte sich
der große Hase an den
kleinen Hasen und flüsterte lächelnd:
»Bis zum Mond …

… und wieder zurück
haben wir uns lieb.«